AF494490

Edition populaire à 30 centimes.

MOYENS PRATIQUES
D'ORGANISER LE TRAVAIL

SANS FAIRE CONCURRENCE A L'INDUSTRIE PRIVÉE,

PAR

ÉMILE LAMBERT,

Ancien rédacteur en chef de la *Revue nationale*, président du club de l'*Institut oratoire de Paris.*

PARIS;

MOREAU, LIBRAIRE-ÉDITEUR,

PALAIS NATIONAL (ci-devant Palais-Royal),

GALERIE DE VALOIS, 182, 183.

1848

MOYENS PRATIQUES

D'ORGANISER LE TRAVAIL.

CHAPITRE Ier.

Saint-Simon. — Charles Fourier. — Louis Blanc.

Les violentes secousses de l'industrie qui agitaient la société depuis 1830 ne sont pas parvenues à ouvrir les yeux du gouvernement égoïste qui vient de tomber ; mais aujourd'hui qu'elles se sont transformées en une grande révolution sociale et politique, le rêve de l'écrivain est une brûlante réalité, et d'ailleurs le problème sacré de la vie humaine n'est pas autre chose que la *fraternité* en action.

Ce grand problème surgit de toutes parts, aujourd'hui chez nous, demain en Europe, et aucun citoyen sympathique ou clairvoyant ne saurait être indifférent à une solution qui amènerait l'anéantissement graduel du paupérisme, et placerait la société renouvelée dans une situation favorable au développement religieux et moral de l'individu. On a dit avec profondeur : *Travailler c'est prier*, et cependant le travail manque à un grand nombre, ou bien il démoralise les uns et atrophie les autres, et dès lors le travail ainsi pratiqué et entendu est le contraire de la prière qui élève l'âme.

Cependant l'organisation de l'industrie ne doit pas être un éternel secret : l'Etre suprême, en mettant en nous le germe du *bien* et l'idée du *juste*, nous a nécessairement donné l'intelligence pratique qui sert à réaliser ces tendances indestructibles de notre nature. Le devoir de chacun est de s'ingénier à trouver la clef de cette difficulté. Chercher avec courage et persévérance le vrai qui réside dans les diverses théories exposées, démêler ce *vrai* d'avec les erreurs qui, selon nous, l'obscurcissent encore, et y ajouter ce que l'expérience et l'étude nous ont appris : tel est le but que nous avons eu constamment devant les yeux.

Ce n'est qu'après avoir examiné à fond les conceptions de Saint-Simon, de Ch. Fourier, le système de M. Louis Blanc, et d'autres théories encore, que nous nous sommes décidé à publier notre pensée sur ce grave sujet : *l'organisation du travail.*

Selon nous, cette organisation peut avoir lieu de diverses manières, et sans que l'ordre politique et social soit changé violemment, et les écrivains qui demandent d'un jour à l'autre la refonte des institutions actuelles oublient, avec une témérité qui ressemble à de l'ignorance, que la transformation partielle de la société païenne par le christianisme lui-même a été plus de trois siècles à s'accomplir, avant d'aboutir au règne protecteur, mais cependant tumultueux, de Constantin le Grand.

Ainsi donc, toute réforme sage peut être adoptée par les gouvernements tels qu'ils se sont constitués, et au grand avantage de leur stabilité et de leur gloire.

Si le saint-simonisme a échoué dans l'organisation du travail, qu'il avait mise en avant, c'est d'abord, pour le dire brièvement, parce qu'il prétendait à une révolution religieuse et politique, et ensuite, parce que dans son système industriel, ingénieusement présenté, la *capacité* de chacun, base de la hiérarchie et de la répartition des salaires, devrait être, en définitive, fixée arbitrairement par l'infaillibilité dérisoire du *père suprême*. Les disciples d'Enfantin ont déployé un immense talent dans la défense de cette doctrine; mais, cette doctrine assise sur un faux principe et venant se briser d'elle-même sur l'écueil du jugement de la capacité, n'a été qu'une des plus gigantesques folies des temps modernes.

La théorie de Charles Fourier est assurément un des plus grands efforts de l'esprit humain; mais, si son ensemble est le roman de l'avenir, ce n'est pas assurément l'histoire du présent, car cet étonnant philosophe a écrit un poëme qui serait le point d'arrêt de l'humanité, si l'humanité pouvait aller jusque là, ou bien si, après des marches infinies, il était dans son essence de s'arrêter. Quant à la partie industrielle du système de Ch. Fourier, c'est différent; l'économiste peut s'en occuper et en tirer des notions pratiques. Les grandes sociétés pour l'exploitation des mines, des canaux et des chemins de fer, ne sont pas autre chose que des applications qui approchent plus ou moins de la pensée *socialiste* de Ch. Fourier. Associer le capital, le travail et le talent, c'est là ce qu'a voulu le théoricien, c'est là ce que veulent tous ceux qui ne vivent pas du monopole. Seulement Fourier a présenté des moyens d'association tellement parfaits, que le fonctionnement de son mécanisme ne saurait avoir lieu de nos jours, et que le but et les chemins qui y conduisent sont tellement nets, décisifs, inévitables, que l'esprit moderne répugne à entrer dans une voie si droite et si rapide qu'il y serait précipité.

En effet, le passé est la racine du présent et le germe du futur, et les progrès (par une loi qui nous domine) doivent obéir eux-mêmes au temps et ne céder qu'à l'effort patient du genre humain. Il est permis de les accélérer, mais on ne *les improvisera jamais*. Voilà ce que tous les architectes de l'avenir ont oublié et devaient oublier pour achever de bâtir leur rêve sublime; mais les fils du présent ne doivent tenter que le possible, afin de le réaliser victorieusement. Le génie du statuaire doit produire un chef-d'œuvre : sa Vénus doit être parfaite parce que la pensée est infinie, et que le marbre inerte obéit à la main qui l'idéalise ; mais l'humanité est un être vivant et actif, sa perfection serait son repos, et le mouvement n'atteste ses progrès qu'à la condition de manifester ses lacunes. Il faut donc marcher vers l'idée d'association de Charles Fourier par des routes plus humaines, plus civilisées, moins rapides et moins directes.

Reste le projet d'organisation du travail de M. Louis Blanc.

C'est un écrivain de mérite et de cœur, et si sa théorie des ateliers de travail ne nous semble pas devoir être admise malgré l'idée généreuse qui y préside, cependant elle mérite l'examen sérieux de l'économiste, en ce sens qu'elle est palpable et tangible. Si cette théorie était réalisable, elle amènerait le changement total de la société et une révolution sociale, comme il l'avoue lui-même ; mais cette révolution enfanterait une *unité* gouvernementale si forte, qu'elle écraserait et ferait disparaître la personnalité et l'individualité humaines. Le principe de l'association est partout ; les rapports du travail, du capital et du talent, ont été longuement développés par Ch. Fourier, qui lui-même les avait trouvés dans la société, à l'état confus, il est vrai, mais enfin préexistant à sa conception. L'idée qui appartient en propre à M. Louis Blanc n'est pas celle des maisons de travail : Colbert, Turgot et autres hommes d'état, l'ont eue avant nous tous ; mais l'idée de M. Louis Blanc, c'est la fondation des *ateliers sociaux par le budget national* et le *pouvoir législatif*, et *l'absorption* successive, mais inévitable, des ateliers privés dans le grand atelier public, organisé par l'état, et confié ensuite à la direction de la puissance élective la plus étendue ; en un mot, c'est la *concurrence particulière* anéantie par la *concurrence unitaire du gouvernement*, et l'industrie privée absorbée dans l'industrie nationale. Telle est l'idée démocratique que M. Louis

Blanc demande à l'autorité gouvernementale de réaliser !

Cette fusion désirée par cet économiste est assurément gigantesque, et si nous la repoussons, c'est qu'elle est, *en définitive, de l'absolutisme démocratique en industrie*, et qu'elle exclut les *contre-poids* qui fondent l'harmonie et le mouvement de la vie sociale comme *l'attraction* fonde l'harmonie du système solaire. En outre les moyens proposés par M. Louis Blanc nous paraissent impraticables : 1° l'emprunt énorme à faire par l'état à des industriels qu'on doit ruiner doucement avant de les amener à se laisser absorber dans le grand atelier sociétaire ; 2° la lutte transitoire, qui serait mortelle ou pour l'industrie ou pour le gouvernement ; 3° l'impossibilité de faire accepter *de force* une liberté, quelque salutaire qu'elle puisse être dans l'avenir, seront toujours des obtacles invincibles à l'application de l'idée des ateliers nationaux de M. Louis Blanc.

Nous rendons néanmoins hommage aux intentions et au talent éminent de cet écrivain, surtout parce qu'il a su exprimer avec *clarté* des idées confuses chez les autres économistes, et qu'en fait de socialisme, poser les questions avec clarté, c'est marcher à grands pas vers leur solution.

Nous nous rapprochons de M. Louis Blanc par beaucoup de points secondaires, comme on le verra ; mais nous différons avec lui en ce point capital : que les *ateliers de travail* que nous demandons ne devront jamais faire concurrence à l'industrie privée et ne l'absorberont jamais, et que ces ateliers départementaux ne doivent être, dans notre système, que le réservoir où viendra s'écouler le trop-plein du travail national, et rien de plus. Or, l'anéantissement graduel de ces *ateliers publics* ouverts seulement aux blessés et aux délaissés de l'industrie par l'organisation successivement plus large, plus humaine, plus morale et plus productive des *ateliers privés*, enfin la victoire de l'industrie nationale sur l'industrie gouvernementale, tel est le but et la pensée mère de notre conception. On voit qu'elle est diamétralement opposée à celle de M. Louis Blanc.

Dans une matière aussi grave, les considérations d'amour-propre n'ont pas de place; et si nous osons, après tant d'autres, tenter la solution du problème de l'organisation du travail, c'est que le devoir et les convictions religieuses nous entraînent dans cette voie déjà bien arrosée de sueurs honorables. En effet, le bienfait exceptionnel de l'éducation et le sentiment des souffrances de toute sorte qui nous entourent nous font une loi de servir, dans la mesure de nos forces, la sainte cause de l'humanité.

CHAPITRE II.

Ce qui manque à tous les systèmes contradictoires d'économie politique exposés jusqu'à nos jours.

Nous appuyant sur les travaux de nos devanciers et sur nos observations personnelles, nous apportons franchement ici le contingent de nos idées. Nous demandons à n'être pas tenu de nous appesantir sur les détails, car à une certaine hauteur, dans les études positives elles-mêmes, les infiniment petits doivent être négligés pour ne pas embarrasser les questions principales.

Ce qui manque à l'économie politique spéculative ou agissante, dans ses théories ou dans sa pratique, c'est (il faut l'avouer nettement), c'est l'*équilibre*. Toutes les parties de la science ont été explorées, précisées et vulgarisées; mais le lien harmonique, ou, si l'on peut ainsi parler, l'agencement modérateur des diverses parties entre elles fait seul défaut à toutes ces théories fractionnées et secondaires de l'économie politique.

Il s'agit donc spécialement aujourd'hui de chercher le moyen de relier et de fondre ensemble tant de diversités apparentes.

Or, pour établir l'*équilibre* dans les forces diverses de ce grand *tout* qu'on appelle une nation, nous pensons qu'il faut trois choses principales et d'une indispensable nécessité :

1° Des *écoles professionnelles*, non sur le papier et en projet, mais dans chaque arrondissement, dans chaque canton et dans chaque commune ; des écoles véritablement professionnelles où le sentiment de l'utilité produise de bonne heure le sentiment de la valeur personnelle, en remplaçant dans l'esprit de la jeunesse le fléau de la vanité, cette cause d'un déclassement social aussi embarrassant pour l'état que funeste à la famille et à l'individu qui s'habitue à ne plus consulter sa vocation, mais les caprices d'un orgueil impuissant. Nous devons ajouter que la direction et la protection du gouvernement sont nécessaires à ces écoles primaires, direction et protection qui doivent se baser sur la statistique et d'après le marché du pays où l'on agit.

2° A côté de cet enseignement, devenu normal et productif, une *organisation du travail*, c'est-à-dire une maison de travail libre dans chaque commune ou chaque canton, établie d'après la statistique de l'industrie dominante et la moyenne des salaires, de façon cependant que le travail de l'état soit, pour éviter la concurrence, toujours *moins* salarié que le travail privé ou national, qui doit, d'après nos vues, toujours conserver la prééminence.

3° Au dessus de cette *organisation réelle du travail général*, dont la pensée n'est pas utopique, car elle a été appliquée avec des succès divers, selon les temps, par Colbert, Turgot et Napoléon ; au dessus de *cette organisation* il est nécessaire de placer *la protection active et éclairée du gouvernement* qui, dans ces matières, ne saurait intervenir par la voie réglementaire (car qui dit *règlement* dit intervention *directe*), mais qui peut et doit, par une loi *générale* et organique du travail, régulariser d'en haut l'activité industrielle en la dirigeant là où sa présence est le plus utile.

Il y a une très grande différence entre des lois spéciales et des règlements directs tels que les indique M. Louis Blanc, et des encouragements hiérarchiques, et venant d'en haut vivifier en l'éclairant le travail national, livré de nos jours à un *laisser-aller sans contre-poids*, qui aboutit nécessairement à une concurrence acharnée et au triomphe de la fraude appelée capacité commerciale; et quand enfin le *contre-poids* arrive dans cette anarchie, ce contrepoids écrase une des deux industries rivales, au nom de *tarifs* soi-disant *protecteurs* et d'*ordonnances restrictives* ne dérivant d'aucun principe de justice distributive.

Une éducation professionnelle communale, en rapport avec les nécessités géographiques du sol, les besoins des localités et l'esprit des populations; une *organisation du travail* au moyen d'ateliers communaux, reliés à ceux de l'arrondissement et du département, et soutenus par des colonies agricoles départementales, convenablement situées et distancées (1); un système de protection et de direction gouvernementales par la voie des encouragements, des récompenses et des honneurs répartis selon les industries et la population de chaque département, et décernés par des *jurys* industriels mobiles et d'une indépendance reconnue.

Tels sont les trois grands moyens pratiques et déjà *partiellement* en vigueur dans quelques pays, par lesquels un gouvernement normal peut travailler utilement à établir l'*équilibre* entre les besoins matériels et moraux d'une société civilisée.

Les hommes d'état parviendraient à créer, au préju-

---

(1) Chaque commune ou chaque canton ne peut établir des ateliers pour les diverses industries, mais seulement pour l'industrie spéciale de la localité, cela est vrai; mais toutes les industries ne chôment pas à la fois, et d'ailleurs un échange de travailleurs s'opérerait facilement d'un canton à l'autre. Vous promenez en France des soldats improductifs, vous promènerez utilement des travailleurs.

dice du budget, quelques milliers de fonctions nouvelles; les économistes développeraient avec encore plus d'exactitude et d'éloquence tous les modes de souffrance de l'agriculture, de l'industrie et du commerce, que, sans cet instrument d'équilibre, qui a l'*éducation productive* pour base, un *travail sûr* et *opportun* pour centre, et *la récompense* et *l'honneur* pour sommet, tous leurs efforts n'aboutiraient pas même à remplacer l'ordre des *maîtrises* et des *jurandes*, qui n'étaient pas la liberté, mais qui n'étaient pas l'anarchie, et à donner un aliment légitime à toutes les activités oisives ou dévoyées d'une grande nation.

La question que nous nous permettons de débattre ici, après plusieurs années de réflexion et d'étude, est donc de la plus haute et de la plus imminente gravité: car tout homme sensé conviendra qu'une agglomération de travailleurs sans travail ou sans salaire suffisant, de producteurs encombrés de produits stériles, et de consommateurs qui ne peuvent à peine consommer que le quart de ce que leur activité réclame et mérite, qu'une telle agglomération, disons-nous, n'est pas encore ce qu'on doit appeler une société chrétienne, ou si vous aimez mieux, une société régulière.

Et à cet égard, qu'on ne nous oppose pas une exception, en France, par exemple, de deux cent mille riches, et si l'on veut, d'un million, peut-être, de propriétaires sérieux, purs d'embarras et d'hypothèques; nous parlons ici des souffrances communes et de la vie générale des classes laborieuses, et en face des statistiques d'une part et des possibilités d'autre part, nous avouons que la misère de la classe ouvrière et la pauvreté de la classe moyenne occupent une trop grande étendue en France et en Europe, pour que nous ne cherchions pas ardemment et religieusement une issue à un état de choses inique, anormal et nécessairement révolutionnaire.

Sans donc prétendre à fonder une secte, si ce n'est celle d'un bon sens empreint d'humanité, nous ne voyons de terme à ce chaos de plus en plus envahissant que dans la reconstitution pondérée de l'agriculture, du commerce, de l'industrie et des arts libéraux, d'après les errements que nous avons cru devoir signaler.

Il faut avouer que dans plusieurs pays de l'Europe, mais en France particulièrement, l'antipathie générale et orgueilleuse pour tous les travaux soit manuels, soit utiles et productifs, est un symptôme de déclassement exagéré et de transformation sociale précipitée et pleine de périls. En effet, veut-on convertir les peuples civilisés en réunions illimitées de métaphysiciens? Veut-on que la mécanique et la vapeur, dont la puissance *effective* date d'hier, remplacent dès aujourd'hui les bras et les sueurs de l'homme et se substituent tout d'un coup au *travail manuel* que réclament exclusivement les coalitions d'ouvriers, qui, n'étant pas associés au bénéfice collectif de la fabrique, rencontrent naturellement un ennemi dans chaque nouvel instrument de production — à la mécanique. Il serait temps d'éclairer de pareilles contradictions et de les discuter à fond, car l'encombrement des hôpitaux et des prisons qu'on multiplie chaque année à grands frais, et la plaie toujours croissante du paupérisme honnête aux prises avec le désespoir, parlent d'eux-mêmes avec une assez terrible éloquence pour dominer enfin les rancunes et les bavardages des partis par la question de l'organisation du travail, source première de toute amélioration morale et politique.

Entrons maintenant dans quelques détails, afin de faire mieux saisir notre pensée de conciliation des divers systèmes industriels. Il ne s'agit, selon nous, que de la possibilité de la *poule au pot d'Henri IV*; cette possibilité, recherchée si avidement par la science et par la douleur, essayons de la démontrer et de l'établir sur le double pivot de la logique et des faits.

CHAPITRE III.

De l'organisation générale et réelle de l'instruction primaire-professionnelle.

Nous croyons avoir démontré que le lien manquait aux vues diverses et aux améliorations partielles proposées par la science économique qui, à cause de son caractère expectant et de ses luttes intestines, n'a pu encore entrer franchement dans la pratique gouvernementale.

Nous avons également déterminé les trois moyens fondamentaux par lesquels l'ordre social actuel pourrait, selon nous, être raffermi et vivifié; ces trois moyens (dont la généralisation ferait la seule nouveauté) ne sont autres que : *des écoles professionnelles dans chaque commune* sans exception; *des ateliers de travail dans chaque localité* où il existe des causes de pauvreté, et enfin *une administration* et *une sorte de jury régulier* de récompenses et d'encouragements sérieux, agissant de manière à soutenir tantôt l'industrie, tantôt l'agriculture, tantôt les sciences et les lettres, afin d'éviter, sans recourir à des mesures prohibitives, l'exagération de l'importance financière et commerciale, ou l'encombrement stérile des œuvres prétendues littéraires et des vocations prétendues libérales(1),

---

(1) Pour éviter cet encombrement administratif, le gouvernement prussien, l'an dernier, engagea les directeurs des écoles et des gymnases à prévenir les parents de leurs élèves du peu de places administratives disponibles, des longueurs du surnumérariat et de la somme nécessaire pour prétendre à de tels emplois. Le moyen est peut-

de manière à mettre l'*équilibre* dans les quatre grandes forces de la société, et dans les quatre grands ressorts du progrès social et de l'activité humaine, qui sont l'agriculture, la manufacture, le commerce et la littérature (1).

Abordons maintenant le premier moyen d'équilibre social tel que nous le comprenons.

Ce premier moyen serait la création d'*écoles primaires* et *professionnelles* dans chaque commune, c'est-à-dire dans la dernière division administrative et à la portée du dernier des paysans, sans aucune exception.

Les écoles primaires en France et même en Prusse, où l'éducation est obligatoire, ne réalisent pas ce que nous demandons.

Il y a en France particulièrement plusieurs communes sans instituteur : nous en voudrions un dans chaque commune.

Les instituteurs des campagnes sont généralement si misérables, que la plupart ne reçoivent que 300 à 400 fr. par an et sont obligés de prendre part au travail agricole au lieu de se perfectionner dans leur profession ; en Prusse, il y a des instituteurs campagnards qui gagnent à peine 80 écus par an ; mais ils sont quelquefois pasteurs et maîtres d'école tout ensemble, ce qui est un avantage pour le moins financier. En France, l'instituteur primaire ne peut, avec moins de 500 francs de fixe, s'acquitter de ses fonctions d'une façon profitable à la commune. Aujourd'hui partout, plus ou moins, l'instituteur est généralement mal rétribué, au point que son vêtement atteste sa pauvreté ; dès lors, quelle considération peut-il inspirer aux enfants des villages et à leurs parents ? peut-il être indépendant, ferme et juste ? comment serait-il encouragé à prendre sa mission à cœur ?

être un peu exclusif ; mais il n'en saurait être autrement là où l'organisation générale du travail n'existe pas. A ce titre la France n'est pas plus avancée que la Prusse et l'Angleterre.

(1) Dans le mot *littérature* je prends *ici* les sciences et les beaux-arts.

mission modeste mais difficile, et qui a une influence décisive sur l'avenir de la jeune génération confiée à son zèle.

Il y a deux hommes qui doivent être respectés dans chaque commune : d'abord le curé, parce qu'il forme les hommes par l'éducation morale ; puis l'instituteur, parce qu'il est chargé de l'éducation pratique : l'un s'occupe de l'âme, l'autre apprend la vie.

Ces deux intéressantes personnalités de la commune sont souvent de nos jours réduites à l'indigence, loin de jouir de la considération qui leur est due. Le gendarme est mieux payé et plus considéré que l'instituteur campagnard.

En outre, l'extirpation de la misère communale est inséparable de la bonne éducation des enfants ; en effet, dans les campagnes la misère des parents est telle qu'ils ne peuvent se passer du service domestique de leurs enfants, c'est-à-dire de leur travail, et que l'émulation ne saurait exister entre quelques enfants seulement, qui ne vont à l'école qu'une partie de l'année, et qui sont dirigés par un instituteur à peine rétribué, et obligé, pour conserver son *gagne-pain*, de traiter avec *faveur* les fils des privilégiés de la commune, ou bien qui se trouve sous la dépendance d'un comité local composé d'hommes qui daignent à peine visiter l'école, etc., etc.

Indépendamment de l'écriture, des éléments de l'histoire et de la géographie, des quatre règles, du dessin linéaire et du chant, qui sont demandés par la loi sur l'instruction primaire, n'y a-t-il donc pas une direction spéciale à imprimer à l'éducation et à l'instruction primaires, selon chaque département et presque selon chaque canton ? Cette direction, qui appartiendrait au recteur d'académie, représentant de la pensée ministérielle, conduirait à une sage application de l'*éducation professionnelle ;* elle serait, par exemple, *vinicole* dans les communes du département de la Gironde, *agricole* dans la Beauce, *industrielle* dans le département du Rhône, et enfin serait habilement modifiée selon les progrès et les besoins nouveaux de chaque localité. Ainsi la statistique des divers métiers et professions, la situation florissante ou malheureuse d'une contrée, les renseignements *détaillés* (les seuls qui soient vrais), transmis annuellement par les sous-préfets, les préfets et les recteurs, sur la situation industrielle, intellectuelle et morale, des arrondissements et du département, indiqueraient souvent la nature des modifications utiles à introduire dans les matières de l'enseignement.

Au chef-lieu de canton, qui est le point de ralliement des communes, il y aurait une bibliothèque peu considérable, mais bien choisie et appropriée aux besoins de la localité ; dans cette bibliothèque d'utilité et non de luxe, ou au siége de la mairie, on ferait, trois fois par semaine et le soir, des lectures publiques graduées et progressives pour les enfants, et même pour les personnes studieuses du canton.

Ces lectures à haute voix faites par l'instituteur, qui recevrait à cet effet une indemnité annuelle *supplémentaire*, rouleraient sur les voyages, l'histoire naturelle, l'histoire nationale, sur le genre de l'industrie locale, etc., et elles seraient faites au moyen de livres spéciaux envoyés et approuvés par le gouvernement.

Nous supprimons ici les détails d'exécution, notre but étant de ne tracer que ceux qui sont essentiels pour que nous soyons bien compris.

En demandant cette nouvelle direction pour l'éducation primaire, qui n'est telle *que dans la pensée* de quelques hommes d'état, nous voudrions prémunir la société et la famille contre les dangers et les malheurs résultant de l'encombrement des états et des professions similaires sur un même point, et régulariser la concurrence par la liberté *éclairée* qui doit présider à l'éclosion des vocations véritables. Les carrières étant choisies avec sécurité et intelligence, les vocations se développeraient convenablement : car leur source serait dans les dispositions naturelles de l'individu, et non dans les fausses suggestions de la vanité.

Quant à l'instruction *secondaire* ou *libérale*, elle n'entre pas dans le cadre où nous nous sommes renfermé. Préparer les masses à la *vie morale* après leur avoir assuré la *vie matérielle*, en laissant à l'activité personnelle et au génie le soin de gravir les degrés supérieurs, c'est l'unique mission et l'unique devoir d'une société libre et d'un gouvernement régulier et paternel.

CHAPITRE IV.

Nouvelle organisation des ateliers de travail, écoulement normal de leurs produits.

Avant de traiter la question difficile et complexe de l'organisation du travail, établissons en principe que dans une société civilisée il y a toujours place pour le travail; que jamais une ville, un département, un royaume, ne pourront s'affranchir des améliorations physiques, morales et intellectuelles, qui s'enchaînent par une continuelle succession, et dont le moyen est le travail. Il doit donc être entendu que, soit en fait d'assainissement, de voie de communication ou de culture, soit en fait d'industrie, d'éducation, de bien-être ou de perfectionnement moral, le travail est une éternelle et incessante nécessité de la vie humaine et surtout de la vie civilisée. Or, nulle part le travail n'est nuisible ou inutile. On peut avancer que tel genre de production est inopportun, telle nature de travail inutile, mais la critique d'une mauvaise direction imprimée au travail n'est point et ne saurait être la critique du travail en lui-même. Le travail bien dirigé et appliqué aux faits essentiels de la vie et à ses besoins si multiples est donc utile, nécessaire et sacré, dans le présent comme dans l'avenir des sociétés. Après avoir démontré succinctement que le travail est la première et en quelque sorte l'unique richesse des nations, qu'il nous soit permis d'essayer de lui donner un complément essentiel d'organisation qui puisse remplacer avantageusement la discipline étroite et tyrannique des jurandes et des maîtrises abolies en 1789.

Il s'agissait de trouver un contre-poids qui, sans gêner la liberté de l'industrie et du commerce, rendît impossibles l'exploitation du pauvre par le riche, ainsi que les fraudes et les faillites si nombreuses, conséquences forcées d'une concurrence effrénée et immorale dans ses moyens, moyens qui sont spécialement à l'égard du travailleur l'abaissement continu du salaire, et à l'égard du consommateur la falsification des produits.

Ce contre-poids à ce mouvement désordonné de la concurrence, nous croyons l'avoir trouvé dans la création de nos ateliers de travail qui doivent seulement s'ouvrir aux travailleurs *inoccupés* ou *délaissés* par l'industrie privée. On conçoit, en effet, que c'est, dans le système indiqué par nous, le seul moyen que, sans blesser la dignité de l'homme, l'on puisse employer au soulagement et à l'atténuation des maux de la classe nécessiteuse; nous disons nécessiteuse, car, dans notre pensée, ce mot comprend toutes les catégories de professions quelles qu'elles soient.

Or s'il est vrai que l'économie politique soit *la science organique de l'égalité dans le domaine du travail* (1), et

---

(1) Expression de M. C. Cavaignac, *Revue indépendante* du 25 février 1843.

que cette science, en tant que moderne, soit encore bien imparfaite, c'est au gouvernement, en sa double qualité de directeur et de mandataire suprême, à appliquer sérieusement et aussi complétement que possible ce principe de l'existence des nations, reconnu et déjà pratiqué au XVIIe siècle par le célèbre ministre Sully. En effet, ce grand homme d'état, de concert avec Henri IV, institua *une chambre de charité chrétienne* pour s'occuper du soulagement des pauvres. Voulant que l'aumône fût le prix du travail, que le travail fût offert à tous les indigents robustes, et que des établissements charitables fussent ouverts aux malheureux hors d'état de travailler, Sully multiplia les *ateliers de charité* et rétablit les hôpitaux ruinés pendant la guerre (1). « Que nous importent (2), s'écrie-t-il dans ses *mémoires*, en parlant au nom du pauvre peuple, que nous importent vos lois de propriété? nous ne possédons rien. — Vos lois de justice? nous n'avons rien à défendre. — Vos lois de liberté? si nous ne travaillons pas, demain nous mourrons. »

Plus tard, en 1776, nous voyons l'honnête et vertueux Turgot relever la pensée de Sully et lui donner une solennelle consécration, en déclarant que le travail n'est plus une *aumône*, mais bien *le droit imprescriptible de tous*.

Ce principe, dont l'oubli produit l'instabilité et la décadence des états, est cependant tellement irrécusable, que le génie organisateur de Napoléon se rencontra fatalement avec la révolution française dans cette grande et salutaire mesure de dignité et de conservation, mesure qui n'échoua, malgré l'Assemblée nationale et la Convention, et après les rapports de Malouet et de Barrère, que par suite des troubles de cette époque qui ne permi-

(1) Vie de Sully, par M. Villeneuve de Bargemont.
(2) M. L. Blanc attribue ces paroles à M. Necker, *De la législation des grains*, part. III.

rent pas une expérience sérieuse et pacifique. En effet, l'Assemblée nationale ayant voté 15 millions pour les ateliers de Paris et de Montmartre, la province, que l'on n'avait point dotée d'une organisation semblable, se précipita sur Paris et y porta la confusion.

N'oublions pas que l'atelier de travail national, tel que nous le réclamons, ne doit être ouvert à l'ouvrier qu'au lieu de sa naissance ou de sa résidence habituelle et constatée.

En 1807 et 1808, Napoléon décréta *cent dépôts de mendicité*, et il disait, dans une de ses notes immortelles qui révèlent non seulement son génie, mais encore son cœur : *Tout mendiant sera arrêté*; *mais l'arrêter pour le mettre en prison, serait barbare ou absurde : il ne faut l'arrêter que pour lui apprendre à gagner sa vie par le travail.* Il faut donc une ou plusieurs maisons ou ateliers de charité par dépôt ; *il faut cela en grand.* Il s'agit d'un impôt d'environ dix millions, qui pèsera *par voie de centimes additionnels sur tous les départements.*

En 1840, M. de Rémusat, ministre de l'intérieur, dans une lettre adressée à tous les préfets, est revenu avec sollicitude sur l'*atelier de travail*, en disant : « Le moyen qui s'est *le plus naturellement* présenté et qui a été *le plus souvent* mis en œuvre, est celui qui consiste à organiser des ateliers pouvant suppléer aux travaux que l'industrie privée ne fournit plus. Nous savons que l'on objecte avec raison que ces ateliers ont eu jusqu'à présent le grave inconvénient de ne pouvoir écouler leurs produits, ou de les écouler en les répandant à vil prix sur la place, et en faisant ainsi eux-mêmes concurrence aux industries privées qu'ils avaient mission de soulager en se préoccupant du sort des travailleurs. »

Cette difficulté dans l'application, difficulté qui seule, comme on le voit, a retardé ces créations, qui pour être réellement utiles doivent être générales dans un pays, nous croyons être parvenu à la lever.

Le moyen que nous proposons est simplement la vente

solidaire et la répartition des produits de cette vente entre l'administration municipale et les différents chefs de fabrique intéressés, de façon que l'assistance donnée aux travailleurs par l'état tourne au profit de l'industrie particulière, et concilie, d'une manière *équitable* et *proportionnelle*, le triple intérêt de l'*ouvrier*, de l'*administration* et du *commerce*.

Allant plus loin dans la question, admettons que les *maisons de refuge*, ou, pour les mieux appeler, les *ateliers de travail*, établis dans tous les centres de population et dans les principaux chefs-lieux de canton et les villes de fabrique ; admettons que, par suite d'une crise commerciale intérieure ou extérieure, ces ateliers soient momentanément, ou même pendant toute une saison, remplis d'ouvriers sans ouvrage, qu'en résulterait-il? Il en résulterait évidemment une concurrence avec le travail privé, le travail national en un mot, et de plus une agglomération considérable de produits fabriqués, dont l'écoulement a été reconnu lent et difficile d'après les moyens actuels, comme l'a démontré la circulaire de M. de Rémusat, alors ministre de l'intérieur.

C'est dans ce cas que nous demandons, comme solution de cette partie fondamentale du problème du paupérisme, cas extrême que nous soutenons devoir se présenter très rarement, (quand le système de pondération gouvernementale développé plus haut aura été adopté,) que nous demandons que l'état ou l'administration municipale qui aura fait fabriquer pendant la crise commerciale des produits considérables, au taux d'un salaire *réduit du tiers comparativement aux prix en vigueur dans la localité*, se charge de l'emmagasinage de ces produits (les entrepôts ne sont-ils pas déjà destinés à cet usage?) jusqu'à ce que la vente puisse s'effectuer sans nuire à l'industrie intérieure ou même au mouvement du commerce extérieur.

Cependant, si l'administration était d'avis qu'une plus grande accumulation de produits industriels deviendrait à charge à l'état, nous voudrions, (le conseil des prud'hommes ou la chambre de commerce entendu *consultativement*,) qu'il fût procédé sur une grande échelle, comme aux Etats-Unis, et comme à Paris à *l'hôtel des commissaires-priseurs*, à une vente publique aux enchères, à un vaste encan de tous les ouvrages exécutés par les ateliers publics de travail, et cela dans les différents chefs-lieux du royaume et à des époques différentes.

Cette grande mesure ne devant point tourner au préjudice des entrepreneurs et des chefs d'ateliers, le produit des ventes serait affecté moitié à l'administration et moitié aux différents chefs d'industrie de la localité, et cela en proportion de l'élévation de leur patente et du nombre des ouvriers réellement employés par eux.

De cette manière le bénéfice provenant de la vente des produits d'un atelier de chapellerie, par exemple, serait moitié dévolu aux maîtres chapeliers de l'arrondissement, moitié consacré à couvrir les avances et les dépenses de l'administration municipale ou du gouvernement; la moitié de l'argent provenant de la vente des constructions faites par les ouvriers de l'atelier public serait partagée entre les entrepreneurs de la localité, d'après le nombre de leurs ouvriers en activité; la moitié des bénéfices de l'atelier national d'imprimerie irait aux mains des maîtres imprimeurs de l'endroit, etc., de façon à faire toujours concorder les intérêts généraux du gouvernement, qui doit assurer *le travail*, c'est-à-dire *la vie* à ses administrés, avec les intérêts particuliers sur lesquels reposent la grandeur et la prospérité industrielle d'une nation.

Grâce à ce nouveau mode d'association et de *vente solidaire*, l'écoulement des produits des ateliers de travail ne s'accomplirait plus au détriment des chefs de l'industrie privée; les crises commerciales, au lieu de se prolonger, s'amortiraient, et les ateliers de travail eux-mêmes tendraient naturellement à diminuer, et deviendraient à la fin des faits presque accidentels absorbés dans le mouvement régularisé de l'industrie, attendu qu'à ce régime du travail communal, l'ouvrier et le maître *gagneraient toujours moins* que dans l'action normale de leur industrie respective.

Telle est, nous le croyons, la solution du problème posé de nouveau en 1840 par M. de Rémusat, qui, animé des meilleures intentions, approuvait particulièrement le système des *maisons de travail*, tout en redoutant le contre-coup de l'encombrement, et de la vente au rabais des marchandises sorties des ateliers d'arrondissement ou de département.

Le moyen des ventes solidaires et de la répartition proportionnelle que nous venons de détailler lève toute objection à cet égard.

Ainsi, d'un côté, le travailleur a toujours du travail, le travailleur ne peut être exploité indignement, car il peut se réfugier dans l'atelier social qui lui donne les deux tiers de sa paie.

D'un autre côté, le maître de la fabrique particulière a toujours la préférence, car il paie un *tiers de plus* à l'ouvrier ; et, en définitive, le travail des ouvriers occupés par la commune ne lui fait pas concurrence, puisqu'il en reçoit la moitié du produit, au *prorata* du nombre des bras qu'il emploie.

Il va sans dire qu'il serait équitable d'étendre cette mesure aux ventes résultant du travail des prisons, travail qui dans l'état actuel des choses, nuit au commerce, sans profiter à l'état.

Quant à la question d'encombrement, nous ne croyons pas à sa possibilité sous un gouvernement qui se préoccuperait de l'équilibre de l'éducation professionnelle, de l'agriculture et de la manufacture, qui peut être maintenu par une protection libérale, hiérarchique et intelligente, dont nous développerons bientôt les moyens.

Il est essentiel d'ajouter que l'atelier de travail n'est pas le seul moyen à employer pour abolir le paupérisme, seulement c'est, dans notre pensée, le moyen capital et décisif, surtout maintenant que nous venons d'affranchir son action salutaire et moralisante des graves inconvénients qui y avaient été attachés jusqu'à ce jour.

En effet, *l'association dans le partage proportionnel des produits de la vente est le corollaire indispensable de l'organisation des ateliers de travail.*

Autour de ce moyen principal doivent se grouper tous les autres modes partiels d'assistance et de secours mutuels. En donnant la clé de voûte de l'édifice, nous ne prétendons pas en disperser les pierres, ni détruire les divers éléments de ce qu'il y a de juste et de sage dans le système administratif de chaque pays.

Ainsi les tontines, les caisses d'épargne, les colonies agricoles, les émigrations à la manière anglaise et allemande, les banques de crédit territorial et d'escompte, les monts-de-piété, la garantie de la propriété des brevets d'invention, différents modes de prêts collectifs ou individuels, l'association des travailleurs avec les maîtres pour faire profiter les premiers du progrès incessant des machines, les nombreux systèmes d'assurances, etc., loin de disparaître devant les ateliers de travail social, seront alors non plus de vains palliatifs de la misère, mais des remèdes efficaces et puissants, qui concourront, sur tous les points, à l'établissement d'un régime de plus en plus normal, et à la santé matérielle et morale du pays qui aura pris l'initiative.

Enfin, cette mesure si simple et si grave une fois appliquée par une administration active, humaine et digne du nom d'administration démocratique, la misère, les délits, les crimes, seront sans excuse, car chaque individu désormais aura sa place assignée dans la vie commune : *valide*, à l'atelier privé ou social ;— *invalide*, à l'hospice ; —*malade*, à l'hôpital ;—*rebelle*, à la prison, qui ne contiendra réellement plus qu'un très petit nombre de vagabonds presque incurables et d'hommes vicieux où exaltés, qu'une société normale, qui avant tout doit se préserver du désordre, aura le droit de surveiller et de maintenir.

C'est de cette manière que, dans notre profonde conviction, qui n'est point obscurcie par un philanthropisme exagéré, l'on parviendra sans secousses et sans dépenses extraordinaires à discipliner la concurrence, et à assurer la vie du travailleur sans entraver aucunement la liberté du commerce.

Dès lors serait opérée la dernière des révolutions et la seule tout à la fois pacifique et féconde, celle du travail. Puisse notre idée rencontrer l'appréciation d'un homme qui ait le pouvoir et le courage du bien public!

CHAPITRE V.

De la direction et de la protection gouvernementales.

Notre système d'organisation du travail doit paraître bien simple; il a pour assises l'*instruction professionnelle généralisée*, *les ateliers de travail* garantissant *partout l'exercice* du droit au travail, en d'autres termes, le droit de vivre en travaillant pour un salaire suffisant, et dès lors équitable, et enfin une *direction* et une *protection gouvernementales* destinées à tenir en équilibre toutes les forces vives d'un pays.

C'est la *généralisation* et la *simultanéité* de ces *trois* moyens d'action qui, avec le nouvel élément des *ventes solidaires*, constitue, de notre part, *une idée systématique*. Le seul motif qui nous ait engagé à élever la voix du fond de notre retraite et de notre conviction, c'est que cette *généralisation* n'existe nulle part.

Il nous reste à spécifier la nature, l'étendue et les différents modes de cette *direction protectrice* qui est dans l'esprit, sinon dans le texte des lois françaises.

Personne n'ignore que la centralisation politique et l'unité administrative ne datent réellement que du régime impérial; mais personne également ne se dissimule plus les graves inconvénients de cette *unité* qui, franchissant la sphère politique, a dégénéré en une *concentration administrative* exagérée et qui paralyse l'action et la vie propre de la commune dans l'état. Ainsi une commune demandant au ministre, par l'organe de son conseil municipal et de son maire, la permission de renouveler la peau du tambour de la garde nationale ou de planter des arbres devant l'église du village, suffira à faire comprendre les sérieuses pertes de temps et les embarrassantes puérilités de la *centralisation administrative*, que l'on a, dans l'origine, confondue avec la grande force de la *centralisation politique*, qui seule doit être admirée et imitée.

Cette centralisation *administrative*, s'appliquant à des détails infimes, étiole les départements, étouffe la capitale, et, forçant la France à dormir une sorte de sommeil convulsif, aboutit à des révolutions périodiques.

C'est aux causes de cette concentration qu'il fallait s'attaquer. En effet, n'est-ce pas l'éducation qui concentre les esprits de tel ou tel côté? n'est-ce pas le travail qui concentre les bras sur tel ou tel point? n'est-ce pas la protection exclusive et partiale du gourvernement, dominé par l'influence de tel ou tel fonctionnaire, qui concentre les encouragements, les faveurs et le pouvoir dans une certaine classe, non en raison de ses mérites, mais de son utilité politique.

Là est la triple cause de cette pléthore qui engorge

certaines parties du corps social au détriment de certaines autres.

Le remède à cette *concentration* de pensées, de forces et de mobiles, réside donc nécessairement dans les trois grands moyens d'éducation professionnelle, de travail organisé et de direction protectrice et pondératrice, qui n'ont encore été *précisés* par aucun économiste, ni pratiqués par aucun homme d'état, bien que partout nous en apercevions les rudiments.

Indiquer les moyens d'équilibrer la vie matérielle e morale d'un peuple livré à tous les hasards et à toutes les secousses de la fortune et de l'ambition; mettre d'une façon hiérarchique l'*instruction* en rapport avec la *fonction*, la *fonction* en rapport avec l'*utilité*, ce n'est rien moins que jeter les bases d'une association équitable et tracer le code de l'organisation administrative.

Les moyens à employer sont la *direction* et la *protection*; c'est à elles seules d'éclairer tout, de hâter ou de contenir tout, mais dans un ordre actif et harmonieusement animé.

Un gouvernement réel, c'est une tête qui prévoit et combine, une main qui dirige le char d'après les ondulations de la route, une rosée qui tombe sans inonder, un soleil qui échauffe et féconde sans brûler.

Les récompenses, les encouragements, les honneurs, en un mot la protection gouvernementale, comment l'entendait-on hier?

Ici, nous voyions des places accordées à l'influence d'un personnage qu'on voulait gagner, annuler ou corrompre. C'était un lingot qui tombait sur une idée et l'écrasait.

Là étaient des fonctions importantes distribuées dans la nuit et exercées par l'inaptitude, l'ignorance ou le dégoût.

En supposant même des ministres parfaitement intentionnés, sur quelles données, d'après quels renseignements, quelles attestations, quelle statistique morale, pouvaient-ils équitablement distribuer les secours généraux que les chambres votaient annuellement, secours qui se concentraient ou s'éparpillaient au hasard?

Voyons, par exemple, en thèse générale, quels sont les besoins et les tendances de la France, nous aborderons ensuite les détails. Pour protéger, il faut connaître.

La France a deux faces saillantes et distinctes, deux qualités, deux propriétés naturelles : la première est intellectuelle, la seconde est agricole.

Notre pays est agricole par la richesse de son sol et sa position sous la zone tempérée. Il est intellectuel par son éducation, ses goûts, ses idées artistiques et ses instincts expansifs et généreux.

Seulement, une direction pondératrice manquant au pays, la France, depuis cinquante ans, produit trop de littérateurs et pas assez de cultivateurs.

Par littérateurs, nous entendons tous ceux qui ont reçu une éducation prétendue *libérale*, c'est-à-dire plus que l'instruction primaire et moins que l'instruction secondaire ou supérieure, et qui n'ont qu'un état improductif au point de vue matériel.

Que les travaux utiles soient payés et récompensés grandement, et dès lors les travaux de la pensée, auxquels un certain loisir et le bien-être physique sont nécessaires, ne seront plus choisis que par les véritables penseurs et par ceux qui sentiront en eux le démon des Socrate et des Platon ou le génie des Montesquieu et des Mirabeau; dès lors le noble exercice de l'intelligence (c'est-à-dire les professions libérales dans leur ensemble), rendant autant d'honneur, mais moins d'argent, ne sera pratiqué que par les âmes poétiques et les ambitions constantes et ardentes.

Il y aura des vocations réelles et un nouveau classement social déterminé par l'aptitude individuelle. La liberté des élans enfantera l'ordre et la hiérarchie des professions.

N'oublions pas d'ajouter que vouloir que la France

soit une grande puissance agricole, c'est vouloir pour elle et chez elle une population vigoureuse et des cultivateurs qui seront un jour des soldats robustes.

Malheureusement la science administrative n'est pas encore faite.

Sully est le premier homme d'état et presque le seul qui ait compris que pour faire prospérer une nation il fallait tenir en *équilibre* son agriculture, son industrie et son commerce, et que si l'une excédait l'autre *d'une façon exorbitante*, il y avait pénurie d'une part et encombrement d'autre part. De plus, avec la liberté nécessaire à cette triple organisation des intérêts, comment établir l'équilibre, discipliner les industriels et les cultivateurs, imposer une règle à cette liberté proclamée et reconnue?

Là ont échoué tous nos hommes politiques, même Sully, même Colbert et Turgot..., car on peut savoir que l'agriculture doit primer l'industrie, et l'industrie primer le commerce, dans un pays tel que la France, sans pour cela connaître le moyen d'appliquer *libéralement* ce grand principe.

Nous dirons donc que, les lois et les institutions françaises étant données, un gouvernement ne peut agir que par un moyen : *la direction protectrice* et *intelligente.*

Eclairer les intérêts, puis les protéger quand ils tendent au bien commun. Ainsi, chez nous, faute d'avoir éclairé suffisamment l'agriculture et de l'avoir protégée en la *dirigeant*, le gouvernement est arrêté par la question de la production sucrière, la question chevaline, celle des bestiaux, etc., etc.

Oui, répétons-le, le droit unique d'un gouvernement dont la liberté forme la base est de protéger ou de ne pas protéger.

Seulement il ne faut pas confondre le *protection gouvernementale* avec le système du favoritisme, qui en usurpe le nom et la place.

Expliquons maintenant ce qu'il faut entendre par une *protection gouvernementale* efficace.

Jusqu'à présent le mot *protection*, dans le langage administratif, a voulu dire : tarifs différentiels, inégalités permanentes sanctionnées par une loi, etc., etc.; ainsi *protéger* les fers français, c'est *surtaxer* les fers du nord; protéger les houilles françaises, c'est frapper d'un impôt excessif l'entrée des houilles belges, etc. Nous ne voulons rien de pareil à ces moyens misérables de protection auxquels le génie commercial de sir Robert Peel vient de faire subir un si rude échec, à la barbe des vieilles doctrines de l'économie politique. Pour nous, fermer le marché de manière à payer le fer français plus cher que le fer étranger, c'est une protection illogique et absurde, et si, à qualité égale, le fer étranger est à 20 et le nôtre à 25, nous préférerons le premier, en dépit de tous les plus beaux raisonnements. La protection, telle que nous la comprenons, diffère d'avec ce que l'on connaît sous ce nom : elle ne doit agir que par *rémunération* et non par *prohibition*, par *plus* et non par *moins*. Et il y a cela de distinct entre ces deux modes, que la *prohibition* protége aveuglément ce qui est inconnu et à venir, tandis que la *rémunération* ne protége que ce qui est connu et accompli, et par conséquent susceptible d'une juste appréciation.

Mais, comme tout aboutit à une bonne répartition, ajoutons que pour bien répartir il faut bien connaître, et pour bien connaître il faut voir par soi-même ou par des agents sur lesquels plane sans cesse le contrôle d'une autorité élevée. Regardons dans le passé monarchique.

Quand il s'agissait de répartir les sommes annuelles votées pour encourager les sciences, les lettres, l'industrie et l'agriculture, le député, juge et partie dans sa cause (la cause électorale), était seul consulté par le ministre, et c'était plutôt une faveur qu'on accordait au député qu'une justice rendue à un mérite inconnu ; si d'autre part, le ministre consultait le préfet, il consultait l'opinion d'un chef politique qui lui était dévoué, mais cette opinion était rarement indépendante et conforme à l'opinion publique.

Or, une faveur réprouvée par l'opinion publique est un mal.

La manière de distribuer les allocations votées par les chambres était tellement vicieuse, qu'elle détruisait presque tous les heureux effets qui en auraient découlé infailliblement si cette distribution de récompenses avait eu pour base la stricte justice.

Nous avons déjà indiqué quelles étaient les tendances que devaient encourager ceux qui administrent, et quelles étaient les dispositions, vaniteuses et irréfléchies, qu'un gouvernement populaire devait s'efforcer de corriger par la publicité, les avertissements solennels, les tableaux et les résultats statistiques, et enfin par le refus de protection, refus qui servirait alors d'entrave à l'exagération de l'industrie ou des beaux-arts, qui trop souvent priment l'agriculture et les professions directement utiles et productives.

Pour réussir dans cette voie d'appréciation et d'équilibre social, il est indispensable que le pouvoir ait recours aux renseignements et à l'appui des localités.

Ainsi il serait nécessaire d'établir dans chaque commune une *commission de récompenses*, composée du maire et de quatre habitants notables, sur le rapport de laquelle le ministre accorderait les sommes indiquées aux personnes indiquées, ou une partie de ces sommes en cas d'insuffisance constatée officiellement.

Cette commission, dont le député national, qui doit rester indépendant, ne pourrait faire partie, serait *renouvelée tous les ans* par le conseil municipal; le maire en serait le président de droit.

De cette manière tout individu recommandé au ministre par la commission locale recevrait une allocation proportionnelle à ses services et à son mérite constatés, et l'argent des contribuables, en passant par une filière de mains plus ou moins rapaces, n'irait plus payer l'élection politique ou récompenser l'avidité.

La création simple et facile des *commissions locales de récompenses* est donc de première nécessité.

A Paris même, siége et centre du pouvoir, où tout se décide et se décrète, il y a aussi de la confusion, de l'injustice et d'amères souffrances. Le supplice de Tantale est, dans la métropole, la peine imposée à tout homme de mérite qui ne sait pas ou n'ose pas *demander* avec l'impudence de la médiocrité aux abois, ou de l'importunité servile.

Il faudrait une *commission des récompenses* dans chacun des douze arrondissements de Paris. Le devoir de cette commission serait de rechercher le mérite, de l'inviter à se produire, de s'entendre pour les sommes annuelles à répartir, en fait de secours nationaux, avec les comités des diverses sociétés scientifiques, artistiques et industrielles, qui rendraient, à Paris, cette tâche facile, efficace et véritablement généreuse et féconde. Cette pensée serait d'ailleurs appliquée dans les départements.

Comprise de cette façon, la protection se mêle à la direction, et le bienfait national devient un avertissement pour ceux qui, dans leur désir de liberté illimitée, se sont égarés de la vraie route.

Que la *libre concurrence* continue, que le *laisser-faire* économique continue; seulement que le *contre-poids* s'établisse par l'organisation de la direction protectrice que nous avons indiquée.

Par exemple, l'agriculture étant aujourd'hui en France la branche de l'activité nationale la plus négligée et la plus utile, il serait urgent de voter en sa faveur une allocation non de *un* million, mais de *cinq* millions pendant 4 ou 5 années consécutives, afin que l'agriculture pût marcher de pair (dans un essor proportionnel) avec la manufacture, le commerce, la littérature ou instruction libérale et secondaire.

Les *comices agricoles* sont un des éléments de notre idée de protection; mais, pour être efficaces, il faut qu'ils soient *généralisés* et qu'ils puissent disposer de récompenses suffisantes et imposantes.

Quand l'indifférence est partout, il faut partout introduire l'émulation.

N'oublions pas que dans notre système il ne s'agit plus de *secours*, mais d'*encouragements nationaux*, et que nous nous voulons qu'à côté de l'*argent* il y ait de l'*honneur*.

Sans cette surveillance continuelle des intérêts généraux dont le conflit actuel peut être changé en un salutaire concours, sans cette discipline *protectrice* et *non prohibitive* des tendances et des forces d'un peuple, il est impossible de sortir des luttes aveugles et désastreuses de la concurrence, qui n'est que le *prélude orageux* de la liberté industrielle.

Les temps d'ignorance et de monopole *avoué* sont passés, le bien doit sortir de l'excès du mal, et nous croyons avoir donné la clef de l'organisation générale des intérêts et des fonctions dans une société régulière et démocratique.

Quand elle ouvre l'intelligence du peuple, cette clef se nomme *instruction professionnelle*.

Quand elle ouvre les mains du peuple, on la nomme *travail général*.

Quand elle ouvre la porte au génie et au talent réellement utiles, elle s'appelle *direction protectrice et gouvernementale*.

En résumé, nous avons démontré, selon nos forces, que, dans une société normale, l'instruction *élémentaire* devait être générale et gratuite;

Que le *travail* fourni par l'état ou la commune, pendant les chômages de l'industrie privée, était désormais possible, et pouvait être *généralisé*, sans perte pour l'état et sans préjudice pour l'industrie particulière, au moyen des *ventes solidaires*;

Qu'enfin la *protection*, régulatrice de ces deux grands faits sociaux, l'éducation professionnelle et le travail, devait seule tenir la balance des intérêts divers, et équilibrer (1) les différentes manifestations de l'activité nationale, qui est aujourd'hui abandonnée à tous les hasards d'un développement disproportionné, et à toutes les inégalités d'une marche aveugle et convulsive. Cette protection aurait pour moyens d'action principaux : *les commissions des récompenses.*

D'après tout ce qui précède, il est évident que la solution du problème économique est dans la vente et l'écoulement des objets fabriqués par les ateliers communaux ou cantonnaux.

On ne manquera pas de s'écrier que cette vente périodique détruirait le commerce, ou y jetterait tout au moins de vastes perturbations; nous ne le pensons pas, et nous avons prouvé que les répartitions résultant des ventes rétabliraient pleinement l'équilibre commerciale.

Mais nous allons faire mieux encore, et la dernière raison que nous allons émettre ne permettra même plus l'objection la plus légère. En un mot, nous voulons que cette vente quotidienne, hebdomadaire ou mensuelle, et à l'encan, remplace presque entièrement celle des commissaires-priseurs et des saisies mobilières, suites du manque de travail, du jeu provoqué par l'incertitude du lendemain, des faillites qui ne sont aussi que le contrecoup des excès de la concurrence et de l'insuffisante rémunération du travail.

De même qu'on ne se plaint pas de l'influence des encans journaliers sur le commerce national, de même on ne pourrait se plaindre des ventes des ateliers publics dont le produit serait partiellement affecté aux industries diverses.

Or, le travail organisé, répandant partout un bien-être

---

(1) Par *équilibre* nous ententons un *équilibre approximatif* : l'*équilibre parfait* serait le repos et la perfection arrêtée ; mais si nous ne devons jamais l'atteindre, notre devoir est d'y tendre incessamment.

nouveau, diminuerait sensiblement les ventes après saisies faites journellement par la justice, au préjudice du pauvre peuple, du simple artisan, du petit bourgeois, et du commerce lui-même, auquel ces *ventes au rabais* enlèvent un grand nombre de commandes.

Au lieu, par exemple, d'une vente de 5,000 fauteuils vendus à l'enchère, mais toujours à un prix au dessous de leur valeur, et indiquant la ruine d'un fabricant, il y aurait 5,000 fauteuils vendus également à un prix réduit, mais indiquant les secours accordés aux travailleurs et la participation de l'industrie d'ébénisterie aux bénéfices de cette vente.

En un mot, l'intérêt des travailleurs, celui de l'état et des industriels, seraient ainsi rendus solidaires et collectifs.

Les *Monts-de-piété* devenant dès lors à peu près inutiles, et la clientèle des hôpitaux et des prisons diminuant considérablement, on pourrait utiliser pour l'organisation du travail ce qui servait auparavant de palliatif à la misère, à la maladie et au crime. Des moyens d'action puissants seraient désormais mis à la disposition d'un gouvernement devenu le protecteur de la vie sociale.

Alors, avec de l'*instruction* pour tous, du *travail* pour tous, de l'*émulation* pour tous, on aurait une société où le christianisme ne serait plus une lettre morte, mais une application sublime et vivante qui fixerait l'attention et le respect du monde; ce vaste travail de concordance religieuse et politique essayé plusieurs fois par de grandes pensées, et réclamé par la souffrance générale, nous le croyons possible d'après les bases que nous avons indiquées. Selon nous, une telle organisation réaliserait enfin la parole à la fois humaine et sévère de Bossuet : que la société est tenue de rendre la vie commode à tous, et cet axiôme irréfutable de Mirabeau : « Le travail seul constitue une nation. »

TABLE DES MATIÈRES.

Imprimerie de Guiraudet et Jouaust, 315, rue Saint-Honoré.

www.ingramcontent.com/pod-product-compliance
Ingram Content Group UK Ltd.
Pitfield, Milton Keynes, MK11 3LW, UK
UKHW022154170726
13837UKWH00004B/1987